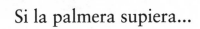

Si la palmera supiera...

SOPA DE LIBROS

Gerardo Diego

Si la palmera supiera...

Antología poética

Ilustraciones
de Luis de Horna

ANAYA

Selección y prólogo
de José María Bermejo

PRÓLOGO

Aquí tienes a un mago de las palabras. Con ellas es capaz de crear un libro de espumas, inventarse el viento sur, construir un ángel de piedra y de agua. Nace en Santander y se llama Gerardo Diego. Tan original, tan suyo, que otro mago de las palabras, Federico García Lorca, le llama «gerardísimo Gerardo». Se inventa la Generación del 27 y la fija para la eternidad en una antología perfecta que demuestra su finísimo olfato sensitivo. Aquí tienes a uno de los poetas más originales del siglo XX y de toda la literatura española, que mira, al mismo tiempo, hacia atrás y hacia adelante. A veces, su poesía tiene un sabor antiguo (sabe a Garcilaso, a Lope, a Góngora), pero a veces se escapa hacia mundos que aún no han llegado o que él mismo se construye, mezclando las palabras como un alquimista.

Le gusta la ciudad y le gusta el campo, la tradición perfecta y el futuro imperfecto.

Nace escuchando el mar. De él aprende el ritmo de las sílabas y de los sonidos. En él ve los grandes ojos verdes de sus dos diosas: la Poesía y la Música. Quiere serlo todo, sentirlo todo, conocerlo todo, porque un verdadero poeta no tiene límites. Lo que no existe, lo inventa. Lo que todo el mundo mira con indiferencia, él lo ve con asombro, como recién creado: lo celebra, lo canta. Todo lo mira con una intensidad infinita: la caravana de las lecheras; los astros desde la playa; los parques verdeoro, verdemar, verdebronce; el «agua de gracia» de San Juan; las naves y los sueños; la nieve «todoluminosa»...

Míralo bien. Es un niño que espera, ante el escaparate de una relojería, a que todos los relojes suenen al unísono al dar las cuatro de la tarde. Es un adolescente que se enamora de novias imposibles. Es un poeta-músico que viaja por el mundo con su sombrero y con su piano. Es un poeta-profesor que escribe un madrigal en el abanico de una muchacha rubia. Es un escritor que sube, con Jorge Luis Borges, a recibir el Premio Cervantes de manos de los reyes y se atreve a decir: «¡Qué pocos cantos sabe el ruiseñor!» Aquí lo tienes, contándote al oído, como un abuelo sabio, toda la belleza del mundo. Y qué bien lo hace, con qué vivacidad, con qué gracia... Es serio y tierno, es hondo y juguetón. Se hace preguntas muy extrañas: «¿A dónde va la llama?, ¿quién la llama?». Sabe que «lo grande está en lo pequeño» y que «el fuego inventa el aire». Y te susurra al oído, como sabio de cuento de hadas: «Aprende a mirarlo todo»...

Llegarás a quererlo como yo a tu edad, cuando me encantaba con una palmera deliciosamente niña, o con el agua verde, verde, verde, del río Júcar. Sus palabras te harán soñar y te harán volar. Abandónate a ellas, como los pájaros que se dejan mecer en la cresta de la brisa. Son palabras tocadas «de la nieve de la Gracia o del fuego del Misterio». Si te gustan, «dímelo y no lo diré»...

José María BERMEJO

AUTORRETRATO

Todo lo que llevo dentro
    está ahí fuera.
Se ha hecho —fiel a sí mismo—
    mi evidencia.
Mis pensamientos son montes,
    mares, selvas,
bloques de sal cegadora,
    flores lentas.
El sol realiza mis sueños,
    me los crea
y el viento pintor, errante,
    —luz, tormenta—
pule y barniza mis óleos,
    mis poemas,
y el crepúsculo y la luna
    los aventan.

Podéis tocar con las manos
    mi conciencia.
Gozar podéis con los ojos
    —negro y sepia—
los colores y las tintas
    de mis penas.
Y eso que os roza el labio,
    bruma o seda,

es mi amor —flores o pájaros
        que revuelan—
mis amores, criaturas
        libres, sueltas.

Todo lo que fuera duerme
        queda o pasa,
todo lo que huele o sabe,
        toca o canta,
conmigo dentro se ha hecho
        viva entraña,
víscera, oscura y distinta,
        sueño y alma.
Si pudierais traspasarme
        os pasmarais.
Todo está aquí, aquí dormido.
        Dibujada
llevo en mi sangre y mi cuerpo
        cuerpo y sangre de mi patria.

Luces y luces de cielo,
        cosas santas.
Todo lo que está aquí dentro
        fuera estaba.
Todo lo que estaba ahí fuera
        dentro calca.
El universo infinito
        me enmaraña;

auscultadme, soy su cárcel
sin ventanas.

Escuchadme, dentro, fuera,
donde os plazca.
Mis más íntimos secretos
por el aire los pregonan
y los cantan.

PRELUDIO

Las cosas están absortas,
las cosas están calladas
y densamente gravita
la vida sobre las almas.

Vuelan rápidas las nubes,
barridas por bruscas ráfagas,
y una paloma va y viene,
temblorosa y alocada.

Trae el viento como un sueño
lejano son de campanas.
El ambiente se satura
de humedades de borrasca.

Las cosas están absortas,
las cosas están calladas,
como aguardando el milagro,
como esperando la gracia.

Una gota prematura
me ha salpicado la cara.
Y como esa niña enfrente
que cuida y mima sus plantas,

yo también en mi balcón
expongo mi triste alma
—que se me muere de sed—
para que se empape de agua.

QUÍMICA

Poeta, tu dolor de amor
dánoslo en un solo verso.
En el átomo menor
está todo el universo.

La lágrima que rezuma
es todo el goce de amar.
En la gota de la espuma
vive el misterio del mar.

Aprende a mirarlo todo.
Lo grande está en lo pequeño.
Y a veces se abre en el lodo
—flor del infinito— el sueño.

El pájaro es la ilusión
y la estrella, la esperanza.
El paisaje del balcón
que se pierda en lontananza.

Tienes en tu mano el mundo
con solo saberlo ver.
El siglo está en el segundo
y el mañana en el ayer.

Conténtate con lo poco
y poetiza lo vulgar.
La gente dirá: «es un loco,
un pobre loco de atar».

Tú ríete de la gente,
y en lo que tienes medita.
El cosmos cabe en tu frente
cual la fruta en la pepita.

Luego sobrio, austero, parco,
da a tu pensamiento forma.
Y no te cuides del marco.
Sea «desnudez» tu norma.

Danos el brote, la yema,
que es darnos el universo.
Cántanos todo el poema
—infinito— en solo un verso.

IMPROMPTU

Cuando me tiendo en la playa
    boca arriba,
en estas noches tan hondas
    y tan íntimas,

noches de claras, diáfanas
    maravillas,
tan evidentes, tan nuevas,
    tan antiguas,

la inmensidad se me abre
    sin orillas,
sin linderos y sin márgenes,
    infinita.

Y qué ansias de hacer cándida
    mi vida
para que Dios la contemple
    desde arriba.

Qué hermosura. Niño astrónomo.
    (Yo tenía
nueve años y estudiaba
    de puntillas

torciéndome en el balcón
    Cosmografía:
Sirio, Antares, Betelgeuse...)
    Ay, qué líricas

las estrellas, qué profundas
    y qué limpias.
Y ver lo que hay más allá,
    más arriba,
más detrás de las más altas,
    más encima.

Sí, cómo todas me llaman
    y me miran.
Parece que dicen: sube,
    date prisa.

Cómo se abre el horizonte
    y se amplifica

como la onda de la piedra
    centrífuga.

Cómo crece el corazón,
    cómo rima
con los astros y los ángeles
    y palpita

olvidado de la muerte
    y de la vida
...cuando me tiendo en la playa
    boca arriba.

PALOMAR

Mañana de primavera.
Fumando las chimeneas.
Azul. Libertad. Parejas
de golondrinas valsean.

Paloma en el palomar.
Gata al sol. Alma inmortal.
¿Qué haces que en casa te estás?
—No tengo con quién volar.

LOS POETAS SABEN

Los poetas saben muchas cosas,
piedras raras, extrañas flores.
Y en mi jardín no hay más que rosas,
rosas blancas y de colores.

Yo no me atrevo a hacer poesía.
Mi ajuar irrisorio es tan pobre.
Mi hacienda se gasta en un día
como una moneda de cobre.

Remotas memorias fragantes
de lejanos mayos floridos.
Y un puñado de consonantes
para hacer versos doloridos.

La novia imposible y soñada.
Un dolor de renunciación.
Y una música sepultada
en el fondo de mi corazón.

La ventaja del pobre es esta:
que nadie le puede robar.
Mi poesía es torpe y modesta.
Oh, no me la podréis quitar.

4

PASEO NOCTURNO

Está la noche propicia
a líricas evasiones.
Y nos baja una caricia
desde las constelaciones.
Como una lágrima, el cielo
tiembla suspenso y preciso,
desnudo de todo velo,
diáfano e indiviso.

Noche libre e inaudita.
Ansia de desvanecerse.
Y una expansión infinita.
Amar. Morir. Y perderse.

Oh, mi señora la luna.
No sé si boga o se mece.
Si esto último, es una cuna,
y si avanza, me parece
una góndola encantada
de una Venecia celeste
que boga y vaga azorada
de este a oeste.

Las estrellas, ¡qué desnudas!
Cómo tiemblan de emoción.
Y cómo sus voces mudas
me llegan al corazón.
Estrellas innumerables,
estrellas, blancas estrellas
virginales, inefables.
Alma, ¡quién fuera una de ellas!

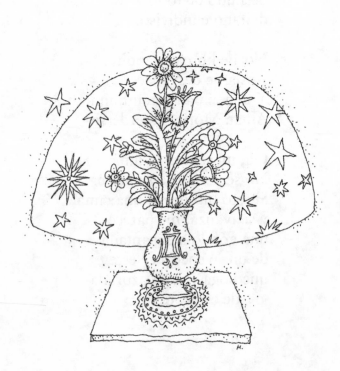

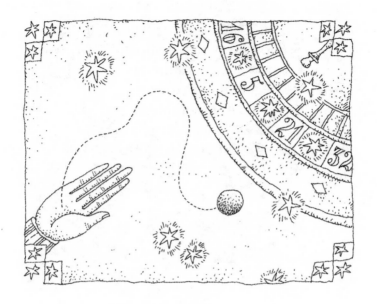

AZAR

La ruleta celeste
—blanco, verde, rojo, azul—
gira lenta, lentamente.

Y yo lanzo mi bola imaginaria.

Blanco, verde, rojo, azul,
blanco, verde, rojo, azul,
blanco, *verde*.
La estrella mía es verde.

Caballitos, caballitos celestiales.

    (A Pegaso
    le brincan
    las patas.)

Casiopea está invirtiendo su W
que ya es casi una M.
Según como se mire.

Caballitos, caballitos con sus jockeys.

Orión con los tres Reyes
se oculta, se sumerge.

He vuelto a jugar. Al rojo,
blanco, verde, rojo, azul...
¡No poder ver la Cruz del Sur!
Unos ganan y otros pierden.
Y se paga en estrellas.

Caballitos, caballitos... La ruleta
gira, gira lentamente.

COLUMPIO

A caballo en el quicio del mundo
un soñador jugaba al sí y al no

Las lluvias de colores
emigraban al país de los amores

          Bandadas de flores
Flores de sí   Flores de no

          Cuchillos en el aire
          que le rasgan las carnes
          forman un puente

Sí   No

          Cabalga el soñador
          Pájaros arlequines

cantan el sí   cantan el no

NOCHE DE REYES

A J. Díaz Fernández

El niño y el molino
han olvidado su único estribillo

Se ha callado la rueda en mi bemol
alrededor del pozo
por donde sube el agua y baja el sol

La mano en la mejilla
piensan las chimeneas que volarán un día

Hoy no vendrá la luna
ni pasará el borracho
entre el portal abierto y la canción de cuna

Aquí al pie del muro
fatigado del viaje
el viento se ha sentado

El policía lleno de fe
apunta las estrellas nuevas en el carnet

Y sin lograr atravesar el barrio
las fluviales carretas
cabecean en vano

Sólo cantan alegres las veletas

Las casas melancólicas
se peinan los tejados

Y una de ellas se muere
sin que nadie se entere

Esta noche no viene la luna
ni el farol al borracho le sirve de cuna

PANORAMA

El cielo está hecho con lápices de colores
Mi americana intacta no ha visto los amores
Y nacido en las manos del jardinero
el arco iris riega los arbustos exteriores

Un pájaro perdido anida en mi sombrero

Las parejas de amantes marchitan el parquet

Y se oyen débilmente las órdenes de Dios
que juega consigo mismo al ajedrez

Los niños cantan por abril
La nube verde y rosa ha llegado a la meta
Yo he visto nacer flores
entre las hojas del atril
y al cazador furtivo matar una cometa

En su escenario nuevo ensaya el verano
y en un rincón del paisaje
la lluvia toca el piano

NOCTURNO

A Manuel Machado

Están todas

También las que se encienden en las noches de
[moda
Nace del cielo tanto humo
que ha oxidado mis ojos

Son sensibles al tacto las estrellas
No sé escribir a máquina sin ellas

Ellas lo saben todo
Graduar el mar febril
y refrescar mi sangre con su nieve infantil

La noche ha abierto el piano
y yo las digo adiós con la mano

LLUVIA

A G. Jean-Aubry

Puente arriba puente abajo
la lluvia está paseando
Del río nacen mis alas
y la luz es de los pájaros

Nosotros estamos tristes
Vosotros lo estáis también
Cuándo vendrá la primavera
a patinar sobre el andén

El invierno pasa y pasa
río abajo río arriba
Le ha visto la molinera
cruzar con la cabeza pensativa

El árbol cierra su paraguas
y de mi mano nace el frío
Pájaros viejos y estrellas
se equivocan de nido

Cruza la lluvia a la otra orilla
No he de maltratarla yo
Ella acelera el molino
y regula el reloj

El sol saldrá al revés mañana
y la lluvia vacía
volará a refugiarse en la campana

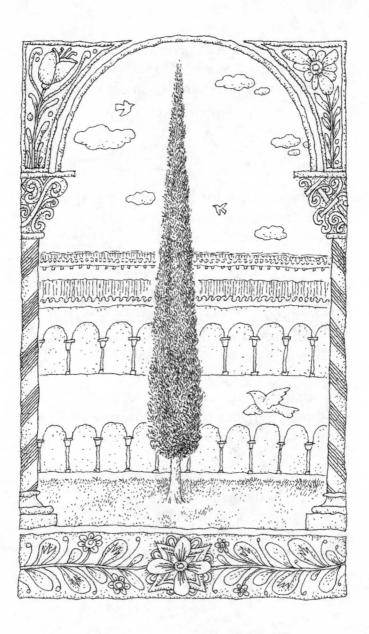

EL CIPRÉS DE SILOS

A Ángel del Río

Enhiesto surtidor de sombra y sueño
que acongojas el cielo con tu lanza.
Chorro que a las estrellas casi alcanza
devanado a sí mismo en loco empeño.

Mástil de soledad, prodigio isleño;
flecha de fe, saeta de esperanza.
Hoy llegó a ti, riberas del Arlanza,
peregrina al azar, mi alma sin dueño.

Cuando te vi, señero, dulce, firme,
qué ansiedades sentí de diluirme
y ascender como tú, vuelto en cristales,

como tú, negra torre de arduos filos,
ejemplo de delirios verticales,
mudo ciprés en el fervor de Silos.

CANCIÓN

Arquitectura plena.
Equilibrio ideal.
Las olas verticales
y el mar horizontal.

Tú oblicua.

La verticalidad,
voluntad de ola y trigo.
Yo me tiendo en la playa
para soñar contigo.

Tú oblicua.

Los puntos cardinales,
cabeza, pies y manos.
La rosa de los vientos,
de los vientos humanos.

Tú oblicua.

Norte. Sur. Este. Oeste.
Cenit. Nadir. No sigo.
Es imposible astucia
la de acertar contigo.

HALLAZGO DEL AIRE

¿El aire? No. Aún no existe.
Nadie lo ha visto, nadie.
Trepan ramas las hojas
sedientas a buscarle.
Copas, cúpulas, torres,
agujas, flechas ágiles,
le sueñan. Le persiguen
alpinistas acróbatas
sin identificarle.

Porque ese azul es cielo
y es azul. Y lo sabe.
Y el viento es solo música
y la brisa mensajes.

Mas de pronto, un zumbido
siniestro que se abre,
abanico de buitres,
preñez de vientres graves.
Y el cenit que se quiebra
y se despeñan ¿ángeles,
jerifaltes? Son águilas,
las soberbias caudales.

Qué curvas, laberintos,
coordenadas, alardes,
rúbricas, arabescos
mágicos del combate.
Entre el cielo y la tierra,
el fuego inventa el aire.

¡Victoria! Ocho, diez, veinte,
treinta llamas fatales
se derrumban, estruendo
de tinieblas nictálopes.
Huyen las alas torpes.
Las felices, audaces,
tejen coronas, signos,
sublimes espirales,
se pierden en los senos,
ya evidentes, del aire.

Paz otra vez, sosiego.
Los niveles, unánimes.
La alondra en su peldaño.
En el suyo el arcángel.
La casa de Loreto
navega por el aire.

CUMBRE DE URBIÓN

A Joaquín Gómez de Llarena

Es la cumbre, por fin, la última cumbre.
Y mis ojos en torno hacen la ronda
y cantan el perfil, a la redonda,
de media España y su fanal de lumbre.

Leve es la tierra. Toda pesadumbre
se desvanece en cenital rotonda.
Y al beso y tacto de infinita onda
duermen sierras y valles su costumbre.

Geología yacente, sin más huellas
que una nostalgia trémula de aquellas
palmas de Dios palpando su relieve.

Pero algo, Urbión, no duerme en tu venero,
que entre pañales de tu virgen nieve
sin cesar nace y llora el niño Duero.

A, EME, O, ERRE

«Amor» tiene cuatro letras.
Vamos a jugar con ellas.
¿Lo ves? Ya estamos en «Roma».
Por todas partes se va.
Por todas partes se llega.
El viaje «Amor-Roma-Amor»,
con billete de ida y vuelta.
Y ahora, a jugar a los dados.
«Alea jacta est». Espera.
¿Qué lees? «Ramo». ¿Qué escuchas?
El ruiseñor, que se queja
de «amor» que en el «ramo» canta,
de «amor» que en el «ramo» «mora».
Otra vez los dados vuelan
por el aire. Y cae «Omar»,
un príncipe de leyenda.
¿«Amor» de «Omar»? Falta ella.
Arriba los dados. «Mora».
«Amor» de «Omar» a la «mora»,
«amor» de la «mora» a «Omar».
Siempre «armo» un juego de «amor»
que der«ramo» y que de«mora».
Y vienen y van las letras
buscando ese «amor» «o mar».

SÍ QUE QUIERO

Yo *quiero ser hortelano*
si me guías de la mano.

Quiero ser tu jardinero.
    Sí que quiero.

El cuadro de las judías,
regarle todos los días.

Plantar acelgas y puerros
y de la fuente traer berros.

Yo *quiero ser tu hortelano*
si me guías de la mano.

Yo te cuidaré las rosas,
los jacintos, las mimosas

y las dalias, que han nacido
para hacer en tu hombro el nido.

Quiero ser tu jardinero.
        Sí que quiero.

El cuadro de las alubias
se lo encomiendo a las lluvias.

A los púdicos tomates,
soles les tornen granates.

Yo quiero ser tu hortelano
si me llevas de la mano.

¿Por qué trepa y se encarama
el muérdago a la alta rama?

¿Qué hacer con los mirabeles,
los miosotis, los claveles?

Quiero ser tu jardinero.
        Sí que quiero.

No me riñas si me inhibo
de riego, injerto o cultivo.

Si trastrueco las familias,
wellingtonias, bugambilias.

De seis a siete, los viernes,
seré tu hortelano en ciernes.

Con la tijera entre quimas,
tu jardinero de rimas.

OTRA VEZ

De la piedra a la flor,
    un salto.
Desde la flor al pájaro,
    un vuelo.
Del pájaro al lucero,
    una flecha.

            Ay.
Del lucero a la piedra.

De mi boca a tu frente,
    un beso.
De tu frente a mi alma
    ¡salta!
De mi alma a tu estrella
    ¡vuela!

            Ay.
Tu estrella y mi alma rotas.

Y volver a empezar
por la piedra y la boca.

CANCIONCILLA

Cuando tú te vas, te quedas.
Cuando te quedas, me voy.
Son tan dulces las veredas
donde me pierdo y te enredas
que cuando te vas, te quedas,
cuando no me voy, no estoy.

ROMANCE DEL JÚCAR

A mi primo Rosendo

Agua verde, verde, verde,
agua encantada del Júcar,
verde del pinar serrano
que casi te vio en la cuna

—bosques de san sebastianes
en la serranía oscura,
que por el costado herido
resinas de oro rezuman—;

verde de corpiños verdes,
ojos verdes, verdes lunas,
de las colmenas, palacios
menores de la dulzura,

y verde —rubor temprano
que te asoma a las espumas—
de soñar, soñar —tan niña—
con mediterráneas nupcias.

Álamos, y cuántos álamos
se suicidan por tu culpa,
rompiendo cristales verdes
de tu verde, verde urna.

Cuenca, toda de plata,
quiere en ti verse desnuda,
y se estira, de puntillas,
sobre sus treinta columnas.

No pienses tanto en tus bodas,
no pienses, agua del Júcar,
que de tan verde te añilas,
te amoratas y te azulas.

No te pintes ya tan pronto
colores que no son tuyas.
Tus labios sabrán a sal,
tus pechos sabrán a azúcar

cuando de tan verde, verde,
¿dónde corpiños y lunas,
pinos, álamos y torres
y sueños del alto Júcar?

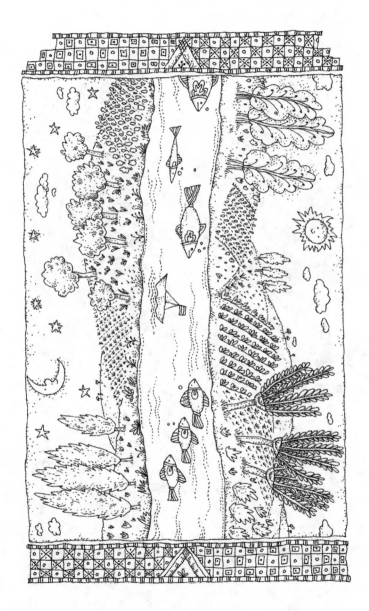

NIÑO

Niño dormido en el florido huerto.
Una cosa tan solo aún es más bella.
Niño despierto.
Estrella.

Niño despierto en el huerto florido.
Una cosa —una sola— a ti prefiero.
Niño dormido.
Lucero.

TUS MANOS

Tus manos son dos peces,
déjalas en mi agua.
Cómo se me resbalan.

Tus manos son dos pájaros,
déjalos en mi aire.
Cómo se me deshacen.

Tus manos son dos manos,
déjalas en mi sueño.
Déjamelas despierto.

PORQUE TÚ NO ERES YO

Porque tú no eres yo.
Porque yo no soy tú.
Porque la luna lu.

Porque tú ya eres tú.
Porque yo soy yo ya.
Porque la luna na.

Porque el sí ya no es no.
Porque el no se ha hecho sí.
Porque la vida vi.

Porque el si sube a do.
Porque el do salta a la.
Porque la vida da.

Porque me quieres tú.
Porque te quiero yo,
la sol fa mi re do.

EL MERCADER DE SEMILLAS

Plaza de las maravillas,
instala su tenderete
el mercader de semillas.

Las semillas misteriosas
en papeles de farmacia
leves, dormidas, ociosas.

Y los bulbos de jardín
como cebollas de seda,
nombre y familia en latín.

La plenitud de las flores
viene en cartones pintada,
lujuriante de colores.

Huertos de Valencia y Francia
cifran aquí sus abriles
y su remota fragancia.

Botánicas Bellas Artes.
Yo mi lección de poeta
aprendo todos los martes.

—¿Qué puedo sembrar, amigo?
¿Don Diego de día o noche?
¿Espuelas de Don Rodrigo?

Compadre ¿qué me aconseja?
¿Dalias de Irán, nomeolvides?
¿Jazmines junto a la reja?

Quiero semillas gitanas
que ansiosas de luz y brisas
florezcan en seis semanas.

Démelas de nombres lindos
y de matices extraños:
gladiolos, miramelindos.

Hierba de plata, alhelí,
boca de dragón, caléndula
y silene carmesí.

Y vuelvo al jardín soñando,
apretando contra el pecho
flores que van despertando.

LA CIGÜEÑA

Alta va la cigüeña.
Niños, a cogerla.

Tan alta ya, se borra
en el azul. Un premio
al que antes la descubra.

Mírala, resbalando,
curva a curva.

Madre Cigüeña,
a estos mis cigoñinos,
¿quién por los altos aires
me los pasea?

Mírala cómo vuela,
remonta curva a curva.

Alta va la cigüeña.

EL POETA MÁS GRANDE

El poeta más grande del mundo
es el aburrimiento,
y el novelista más profundo
el viento.

EL SANTIAGUERO

¿Adónde vas, romero,
    por la calzada?
—Que yo no soy romero,
    soy santiaguero.

A Roma van por tierra.
    Yo miro al cielo.
Va la luna conmigo
    descalza. Y sigo.

—¿Adónde vas, hormiga,
    por la cañada,
hormiga en el sendero
    del hormiguero?

—Voy al final del mundo
    que ya se acaba:
canjilón de la noria
    y alba de gloria.

—¿Adónde vas cantando,
    el peregrino,
cantando en lengua extraña
    por la montaña?

—Voy a la piedra madre
    y al agua meiga
y al ángel avutarda
    que ya no guarda.

—¿Adónde vas, de dónde
    soñando vienes?
—Cerré anoche los ojos.
    Dormí en los tojos.

No me acuerdo de dónde
    soñando vine.
Pero aunque no me acuerdo
    ya no me pierdo.

Voy al más duro croque,
    beso más blando.
Piedra y agua salvando,
    resucitando.

LOS RECUERDOS PERDIDOS

A León Felipe

Los recuerdos que se pierden
    ¿a dónde van?
Las rosas que se mustiaron
    ¿en dónde están?

Quisiera saber las horas
    de mi niñez,
ver la película entera
    segunda vez.

¿Por qué no me acuerdo ahora
    de cuando fui
niño de sarampión rosa,
    ciego, ay de mí?

¿Qué es lo que vi tras los párpados,
    plomo gandul?
¿Infiernos o paraísos,
    fuego o azul?

¿Por qué no guardo memoria,
    estampa fiel
de mi abuela un día untándome
    manteca o miel?

No ver la cara de Emilia,
    su bastidor.
¿Cómo tenía los ojos,
    cuál su color?

Se fue la voz de Manolo.
    No la oigo ya.
Cuando la voz se recuerda,
    vive, ahí está

junto a uno, cierto, seguro,
    el que marchó;
es que juega al escondite.
    Por eso yo

vivo en su cielo con ellos,
    con los que sí
me oyen, puesto que les oigo.
    —¿Quién? —¡Carabí!...

—No te escondas, te conozco—.
    Ciego otra vez.
Ay recuerdos que se fueron.
    Ay mi niñez.

MONÓLOGO DEL CAPITÁN
AERONAUTA

A Felipe de Mazarrasa

Entro en la plaza alegre de los toros.
Mi vida el mongolfier. Ya se hincha y crece.
Suena la tela. Brisa en el volante
faldellín. Qué hermosura. Oh forma plena,
vida mía, mi alma. Las amarras
va a sacudir: tal Gulliver despierta,
los cabellos atado a Liliput.
Ya me despido y al trapecio subo,
saludo con la gorra marinera

y ¡olé! el gran salto súbito rozando
las mudéjares tejas.

                      —Capitán,
buen viaje.

                —Adiós, pigmeos—. Vuestros vítores,
colgado de los pies, ya no los oigo.
Qué plenitud de fábula mi vuelo,
comprobando mis músculos. Apoyos,
nivel del balanceo, las anillas.
Y ya me siento en trono de trapecio.

Miro hacia arriba. El cielo me reclama.
Sorbido voy a ti, Dios que te ocultas
tras de ese globo o lágrima magnánima.
Miro a mis pies. La plaza, íntimo anillo,
tan olvidado. Y la ciudad, los mares
de sur y norte, todo se me hunde,
se me dibuja, se me deshumana.
¡Viva la libertad! Libre soy, libre,
amarrado a mi alma. Mi alma es esa,
esa inmensa avellana, ave redonda.

Y yo su cuerpo soy, yo soy su sino,
su cascabel de sangre y de congoja,
péndulo y mudo en el azul silencio.
Tener el alma fuera, ver el alma,
colgar del alma y solo unos cabellos
para unirnos, oh gloria, oh Dios tangible.

Quiero dormir, soñarme en vuelo eterno.
No desmayes, mi alma, nunca tornes
al suelo, al anticielo original.

(Morse. «Cabo Ortegal». Caído globo
frente San Pedro Mar. Nornoroeste,
tres millas costa. Capitán salvado.
Recogido canoa Obras del Puerto.)

CANCIÓN DE AMIGO

¡Ay!, flores, flores do verde pino.

Ay, pino, verde pino,
que por el mar se fue,
que por el aire vino.

Ay, pino sin pinar
y sin siquiera un beso
sabiendo a beiramar.

Ay, pino, oscuro pino,
que cada vez más lejos
estelando el camino.

Ay, pino sin pinar,
que por el aire queda,
que se fue por el mar.

Ay, pino, pino alto,
aunque es noche cerrada
todavía te alcanzo.

Ay, pino, negro pino,
negro en la lejanía
mi destino y tu sino.

Ay, pino, pino azul,
agrieta en tu corteza
letras que sabes tú.

CUANDO VENGA

Cuando venga, ay, yo no sé
con qué le envolveré yo,
con qué.

Ay, dímelo tú, la luna,
cuando en tus brazos de hechizo
tomas al roble macizo
y le acunas en tu cuna.
Dímelo, que no lo sé,
con qué le tocaré yo,
con qué.

Ay, dímelo tú, la brisa
que con tus besos más leves
la hoja más alta remueves,
peinas la pluma más lisa.
Dímelo y no lo diré
con qué le besaré yo,
con qué.

Pues dímelo tú, arroyuelo,
tú que con labios de plata
le cantas una sonata
de azul música de cielo.
Cuéntame, susúrrame
con qué le cantaré yo,
con qué.

Y ahora que me acordaba,
Ángel del Señor, de ti,
dímelo, pues recibí
tu mensaje: «he aquí la esclava».
Sí, dímelo por tu fe,
con qué le abrazaré yo,
con qué.

O dímelo tú, si no,
si es que lo sabes, José,
y yo te obedeceré
que soy una niña yo,
con qué manos le tendré
que no se me rompa, no,
con qué.

LA PALMERA

Si la palmera pudiera
volverse tan niña, niña,
como cuando era una niña
con cintura de pulsera.
Para que el Niño la viera...

—Si la palmera tuviera
las patas del borriquillo,
las alas de Gabrielillo.
Para cuando el Niño quiera
correr, volar a su vera...

—Que no, que correr no quiere
    el Niño,
que lo que quiere es dormirse
y es, capullito, cerrarse
para soñar con su madre.
Y lo sabe la palmera...

—Si la palmera supiera
que sus palmas algún día...
—Si la palmera supiera
por qué la Virgen María
la mira...

       Si ella tuviera...

—Si la palmera pudiera...

      —La palmera...

CANCIÓN DE LA PENA ABRILEÑA

Canción de la pena infinita.
Canción de la pena no escrita.
El agua que hoy llueve es bendita.

Canción de la pena abrileña.
Canción de la pena norteña.
La lluvia a llorar nos enseña.

Canción de la playa perdida.
Canción de la espuma absorbida.
Canción de la muerte en la vida.

Canción de dos almas gemelas.
Amor de las dos paralelas.
No se unen jamás sus estelas.

Canción del jamás en el suelo.
Canción del quizás en el vuelo.
Canción del compás en el cielo.

ESCUELA

Aprende a contar así
uno   dos   tres
cuatro   monja seis

Es la escala gradual
según se va del cero al hospital

Pero qué pasa en esa esquina
Es el buzón cantando Alerta
y como se hace postal la brisa
vuelven a casa los niños perdidos

Y en el jardín
oh en mi inolvidable jardín
el lirio de puntillas grita
                      Bandidos

Todo para que tú puedas contar
siete   ocho   nueve   amar

BOLSILLO

En mi bolsillo   es cierto
apenas caben los caramelos del dolor

Redondos como plazos
pasan los juramentos hacia un mundo mejor
un mundo a la deriva
empujado por pájaros que cantan sin saliva
sin saliva y por sport

Sé que hay quien no lo cree
Que lo pregunte al capitán del puerto

La noche está cerrada
y mi bolsillo abierto

Las gotas de mi pluma
suben al cielo
una tras otra

Una tras otra
agujerean
la luna rota

Una tras otra
adiós
una tras otra

Se divierten los peces
en la taza de té
Preciso es muchas veces
que la sinceridad sea un artículo de fe

Yo he visto pasar señora
perdigones sin tacha por los ojos de usted

MUY SENCILLO

Esto es muy sencillo

Sencillo como cerrar los ojos y que duerman
                                   [las olas
sencillo como arrancar las flores sin que el
                            [diccionario lo sepa
sencillo como escribirte mucho y que murmuren
                     [los peces y se despierten las olas

Esto es muy sencillo
y sin embargo hay quien no lo comprende
quien desearía en vez de ojos que cerrar
                          [lindas espuelas
en vez de flores que arrancar giratorias
                             [pistolas
y juramentos brillantes como perdigones
para que las arpas puestas a secar no nos
                        [consuelen ya nunca
ni nos reconcilien con las hipótesis navales

Con lo fácil que sería y qué tierno de escuchar
que una palabra mía apenas susurrada
hiciese descender la lluvia de tus hombros
últimos restos de nubes sin patria
la lluvia de tus hombros en mis manos de
                               [estatua

ADIÓS A PEDRO SALINAS

El cielo se serena
Salinas cuando suena

Cantan los verbos en vacaciones
jaculatorias y conjugaciones

Yo seré tú serás él será
La imagen de ayer mañana volverá

La imagen duplica el presagio
¿Rezas cuando truena el trisagio?

El mundo se envenena
Salinas cuando no suena

La música más extremada
es el silencio de la boca amada

Amar amar y siempre amar
haber amado haber de amar

Y de la media de la abuela
caen las onzas oliendo a canela

El cielo se enrojece
Salinas cuando te mece

Era tu reino el del rubor
Tanta hermosura alrededor

Rosa y azul azul y rosa
Cuidado que no se te rompa

Y por tus ojos la borrasca
y la ventisca y el miedo a las hadas

El cielo se aceituna
Salinas cuando te acuna

 ¿No habéis visto en flor el olivo?
Sí no sí no azar del subjuntivo

¿Nunca visteis el otoño del ciervo
no habéis sabido deshojar un verbo?

Llega diciembre y llora el roble
y el cocotero de Puertopobre

El mundo se espanta
Salinas cuando no canta

Cantan los verbos en la escuela
Redondo está el cielo a toda vela

¿Pedro Salinas Serrano? Falta
Y los niños de pronto se callan

Unos en otros buscan amparo
Todo más claro mucho más claro

El cielo quiere quererme
Salinas cuando te duerme

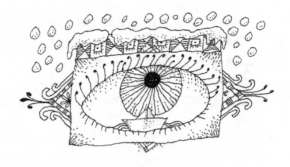

LA NIEVE LA NIEVE

A Juan Ruiz Peña

La nieve la nieve otra vez mi siemprenieve
mi siempreviva mi siempremuerta nieve

¿Habéis visto lo que pasa cuando la nieve se
[hace visible?
Porque la nieve es la fe y hay que creer como
[ella cree
Ella nos cree sin vernos porque para eso es
[ciega
ciega de pura luz

Creed en la nieve como creen los niños
que nunca la vieron
que nunca la vieron porque la nieve les nieva
dentro de sus ojos

Y cae la primera nevada

Cándida Marta Blanca Galatea
Lucía Nieves Eva Margarita
Consuelo Amparo Olvido Luz Constanza
Azucena Amarilis Araceli

Cuando la nieve se halla en su invisible natural
se disuelve en el azul del cielo dándole
brío de espuma y conciencia de amor

La nieve solo es la nieve cuando no la vemos
que es cuando ella nos ve
a través del azul y sus amores
Cuando no la vemos o en el telón del cuarto
                                        [de los niños
todo de copos de niños y ojos de niños
y también cuando ella no nos puede ver pero
baja a besarnos por Santa Genoveva
cuando la nieve nieva

                Y cae la segunda nevada

            Caricia Pensamiento Adivinanza
        Lágrima Pluma Adiós Tacto Delicia
        Beso Silencio Súplica Camisa
    Trapo Harapo Canopo Copo Copo

Solo la nieve es nieve en alas de la nieve
La nieve en la montaña es ya la exnieve
la nieve en el tejado es la patraña
la nieve de la fe nos ciega el tiempo

Creo en ti Nieve todoluminosa
y en tu única hija mi hija Siemprenieve

CAÍDA DEL COSMONAUTA

Míralo por dónde sube
míralo por dónde raya
Míralo por dónde tuerce

El cosmonauta no tiene
padre se salió de madre
y ni un perro que le ladre

El pobre Don Escafandro
quiere nadar y no puede
(Hero en brazos de Leandro)

El cosmonauta se aburre
Tierra de luna se aburre
Luna de tierra se duerme

Míralo por dónde rompe
míralo por dónde viene
míralo por dónde silba

El silbido del vacío
El silbido del hastío
Morado silbo del frío

Don Escafandro no pesa
Va a coger una manzana
y la mano se le aleja

Tiene los ojos tallados
como diamantes cortantes
de ver espantos de cielos

Suma resta multiplica
No puede pasar tropieza
al derecho y al revés

Míralo por dónde baja
míralo cómo se estrella
míralo hundirse en el seno
de la tierra tierra tierra

NOSOTROS

Nuestro idioma es muy serio
Nosotros somos nos y somos otros
Y así sin salirnos del nos
somos también otros es decir vosotros
No decimos no sentimos
nosunos y vosotros
sino nosotros
y por lo tanto sois vosunos

Y esta sí que es la inmensa mayoría
hasta la totalía
Y esta es mi fe y este mi compromiso

NOCTURNO IV

A Celestino G. Verde

Corriendo va Margarita
por el sendero de plata.
    Despepita
el grillo su serenata.

Son a la luna sus trapos
un montoncito de nieve.
    Unos sapos
silban su motivo breve.

Va pensando sonriente,
va pensando en Micifuz.
    En la frente
lleva un gusano de luz.

Margarita va contenta.
Va contenta Margarita.
    Soñolienta
la esperará la abuelita.

Margarita con el viento
corre, con el viento vuela.
    ¡Cuánto cuento
le sabe contar la abuela!

El cuento de Cenicienta
y el cuento del Ratoncito.
    De contenta
bota un brinco y lanza un grito.

Y sobre todo le gusta
aquel de Caperucita.
    No se asusta
al oírlo Margarita.

¡Oh, si el lobo la asaltase,
cómo se iba a divertir!
    Si asomase
¡oh, cómo se iba a reír!

Él engañarla querría:
—Margarita, ¿adónde vas?
    Y abriría
una boca así. No: más...

—Ay, qué gracia. Mira, lobo.
No me engañas, no me engañas.
    No seas bobo,
que ya conozco tus mañas—.

Y al pensarlo, Margarita
su fresca risa deslíe.
    Qué bonita
se pone cuando se ríe.

Margarita es una niña
que corre por el sendero.
    La campiña
duerme a la luz del lucero.

A LA ASUNCIÓN DE NUESTRA SEÑORA

Al P. Ramón Cué

¿A dónde va, cuando se va, la llama?
¿A dónde va, cuando se va, la rosa?
¿A dónde sube, se disuelve airosa,
hélice rosa y sueño de la rama?

¿A dónde va la llama, quién la llama?
A la rosa en escorzo, ¿quién la acosa?
¿Qué regazo, qué esfera deleitosa,
qué amor de Padre la alza y la reclama?

¿A dónde va, cuando se va escondiendo
y el aire, el cielo queda ardiendo, oliendo
a olor, ardor, amor, de rosa hurtada?

¿Y a dónde va el que queda, el que aquí abajo,
ciego del resplandor, se asoma al tajo
de la sombra transida, enamorada?

LA NIEVE EN EL ESPEJO

A Pilar y Pepe Ledesma

La nieve en el espejo
    la nieve viene.
Nieve y viene es lo mismo:
    vaivén valviene.

            La uve se hace ene.
                La ene uve.
            Y el cielo se mantiene
                sin una nube.

Aire en espejo, aire.
    La nieve entra.
Nieve en espejo, nieve.
    Nadie la encuentra.

            Tú no mires, no toques
                la piel del río.
            La nieve abriga nieve
                viva del frío.

Está dentro, está fuera,
    vista y no vista,
tan dormida y despierta,
    tan tarda y lista.

La nieve sabe a nieve,
a flor sin donde,
secreta. Ay, cómo huele
cuando se esconde.

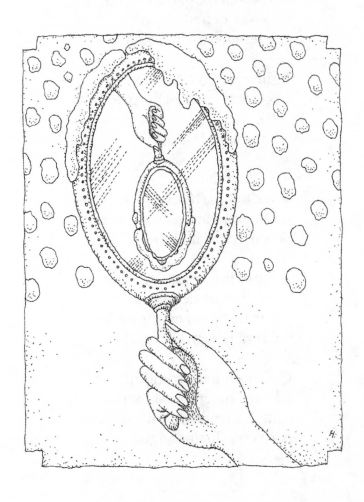

ROMANCE DEL DUERO

Río Duero, río Duero,
nadie a acompañarte baja,
nadie se detiene a oír
tu eterna estrofa de agua.

Indiferente o cobarde,
la ciudad vuelve la espalda.
No quiere ver en tu espejo
su muralla desdentada.

Tú, viejo Duero, sonríes
entre tus barbas de plata,
moliendo con tus romances
las cosechas mal logradas.

Y entre los santos de piedra
y los álamos de magia
pasas llevando en tus ondas
palabras de amor, palabras.

Quién pudiera como tú,
a la vez quieto y en marcha,
cantar siempre el mismo verso
pero con distinta agua.

Río Duero, río Duero,
nadie a estar contigo baja,
ya nadie quiere atender
tu eterna estrofa olvidada,

sino los enamorados
que preguntan por sus almas
y siembran en tus espumas
palabras de amor, palabras.

SI LA LUNA FUERA ESPEJO

Si la luna fuera espejo,
qué bien que yo te vería.
Si la luna fuera espejo
     —dámela,
     —tómala
y ponla en el cielo ya—,
cuántos eclipses habría.
Por tu culpa los astrónomos,
todos se suicidarían.

Y tenerte a ti muy lejos,
qué poco me importaría
si la luna fuera espejo.

VERSOS

Versos, versos, más versos,
versos
para hombres buenos, sublimes de ideales
y para los perversos;
versos
para los filisteos, torpes e irremisibles
y los poetas de los lagos tersos.
Versos
en los anversos
y en los reversos
de los papeles sueltos y dispersos.

Versos
para los infieles, para los apóstatas,
para los conversos,
para los hombres justos
y para los inversos;
versos, versos, más versos,
poetas, siempre versos.
Ahoguemos con versos
a los positivistas
dejándolos sumersos
bajo la ola enorme de los versos,
en ella hundidos, náufragos, inmersos.
Versos
en el santo trabajo cotidiano
y en los momentos tránsfugas, transversos.
Versos tradicionales
y versos nuevos, raros y diversos.
Versos,
versos,
más versos,
versos,
versos
y versos,
siempre versos.

Índice

Escribieron y dibujaron...

Gerardo Diego

Nació en Santander en 1896. Desempeñó la cátedra de literatura del Instituto de Soria. Posteriormente se trasladó a Gijón, Santander y Madrid, donde murió en 1987. Había obtenido el Premio Nacional de Literatura en 1925 y el Cervantes en 1979, consagrando la plenitud de una vida dedicada a la poesía.

Su obra se caracteriza por la variedad, abundancia de temas, géneros, orientaciones... Como él mismo ha escrito, «yo no soy responsable de que me atraigan simultáneamente tantas cosas». Y en todo muestra una extraordinaria perfección.

Variedad, gracia y perfección son los atributos con que este poeta se encarama a los puestos cimeros de nuestra lírica. El dominio absoluto de la técnica le ha permitido abarcar una gama muy extensa de temas; y, en todos, ha marcado su huella profunda.

Su capacidad de crear mundos poéticos opuestos, el distanciamiento de la realidad y la valoración de la imagen dan como resultado la culminación de su época vanguardista.

Luis
de Horna

Luis de Horna ha compaginado pintura e ilustración desde que a principios de los años sesenta realizó su primera exposición. Ha ilustrado hasta el momento más de sesenta libros y carpetas, tanto de bibliófilo como en ediciones normales. Ha obtenido diferentes premios de ámbito nacional, y sus publicaciones han visto la luz en 13 idiomas. Doctor en Bellas Artes por la Universidad de Salamanca, su tesis doctoral, distinguida con premio extraordinario, también abordó la ilustración, estudiando el Tarot y su mundo simbólico. En esta colección de Sopa de Libros ha ilustrado otros libros de poemas.

—*¿Existe una manera especial de abordar la ilustración de un libro de poesía?*
—Sí. Amando mucho los poemas, sintonizando lo más posible con los sentimientos del autor. Aunque

deba suceder con cualquier texto, con la poesía ha de ser aún más profunda esa comunicación.

—*¿Qué es lo que más le llama la atención de esta antología de Gerardo Diego?*

—Ilustrar a Gerardo Diego ha sido algo más complicado que ilustrar a Lorca, Alberti o Juan Ramón. En ellos, lo que se describe en un poema, las imágenes mentales que nos sorprenden en cada verso, por muy inusuales que sean, tienen una clara relación con la estructura del mismo, con el «tema». En Gerardo Diego, se fuerzan las imágenes de modo que obedecen más a los condicionantes de la rima que a una conexión lógica argumental. El resultado se plasma en ilustraciones en las que han de convivir, de modo casi onírico, imágenes, objetos, personajes o formas. Esa dificultad, sin embargo, lejos de ser un lastre, se convirtió en un aliciente apasionante.

SOPA DE LIBROS

OTROS TÍTULOS PUBLICADOS

A PARTIR DE 12 AÑOS